L'Île des Pokémon géants

D0833305

Pokémon

chanson thème

Mon but est d'être le meilleur
De tout le monde entier
Le meilleur des attrapeurs
Pour mieux les entraîner
Je voyagerai dans le monde
Partout, très très loin
Dans les coins où ils abondent
Leur pouvoir est le mien
Pokémon!
(Va! Attrape-les tous!)
C'est toi et moi
Pas de doute, c'est ma voie
Pokémon!
T'es mon ami
À bas tous nos ennemis
Pokémon
(Va! Attrape-les tous!)
Un cœur si pur
On va vivre plein d'aventures
Attachez tous vos ceintures
Pokémon
(Va! Attrape-les tous!)
Va! Attrape-les tous!
Pokémon

Chanson thème des Pokémon
Paroles et musique de la chanson originale :
Tamara Lœffler et John Siegler
© Tous droits réservés, 1998 Pikachu Music (BMI)
Droits internationaux de Pikachu Music administrés par Cherry River Music Co. (BMI)
Tous droits réservés   Utilisés avec permission

Il y a d'autres livres
sur les Pokémon.

Collectionne-les tous!

Et bientôt...

L'Île des Pokémon géants

Adaptation : Tracey West

Adaptation française : Le Groupe Syntagme inc.

Les éditions Scholastic

Pour toute information concernant les droits, s'adresser à Scholastic Inc.,
555 Broadway, New York, NY 10012.

ISBN 0-439-00540-X

Titre original : Pokémon – Island of the Giant Pokémon

Édition publiée par Les éditions Scholastic,
175, Hillmount Road, Markham (Ontario) Canada, L6C 1Z7

4 3 2 1   Imprimé au Canada   0 1 2 3 4 / 0

plateau
Indigo

ville de
Pewter

mont
Moon

ville de
Celadon

ville de
Cerulean

chalet près
de la mer

ville de
Saffron

ville de
Viridian

village de
Pallet

île de
Cinnabar

îles
Seafoam

ville de
Fuchsia

ville de
Vermilion

village de
Lavender

Le piège

« Ash, c'est incroyable le nombre de Pokémon que tu as capturés jusqu'à maintenant, s'exclame Misty, en faisant danser sa queue de cheval rousse.

— C'est vrai, admet Brock. Tu en as fait du chemin depuis le début de ta première chasse aux Pokémon. »

Ash rougit un peu devant les compliments de ses deux amis. Il a commencé l'entraînement de ses Pokémon le jour de son dixième anniversaire. Aujourd'hui, il voyage dans tout le pays, à la recherche de Pokémon, créatures dotées de pouvoirs stupéfiants.

Au début, Ash avait de la difficulté à capturer les Pokémon. Puis, il a rencontré Misty et Brock, eux aussi entraîneurs de Pokémon, qui lui ont beaucoup appris. Ash jette un coup d'œil aux cinq balles rouge et blanc fixées à sa ceinture. Ce sont des balles Poké : elles renferment ses Pokémon — jusqu'à ce qu'il ait besoin d'eux.

« Au début, mes balles Poké étaient vides, dit Ash. Maintenant, elles contiennent toutes des Pokémon.

— Ouais! approuve Misty. Tu as un Bulbasaur. » De couleur turquoise, le Bulbasaur a un bulbe sur le dos.

« Et un Squirtle », ajoute Brock. Le Squirtle est un Pokémon d'eau qui ressemble à une jolie tortue.

« J'ai aussi un Charmander, dit Ash, en visualisant le Pokémon de feu rouge. Sans oublier mon Butterfree. » Ce Pokémon volant ressemble à un papillon géant.

Ash s'enflamme toujours lorsqu'il pense à tous ses Pokémon. « Et, bien sûr, il y a...

— *Pi!* » l'interrompt une toute petite voix à ses pieds.

En riant, Ash prend le Pokémon souris électrique dans ses bras. Cette créature aux oreilles longues et pointues est jaune vif. Son dos est zébré de rayures brunes, et sa queue est en forme d'éclair.

« Ne t'en fais pas, Pikachu, dit doucement Ash, tu as été mon tout premier Pokémon. Impossible de t'oublier.

— *Pika!* » s'exclame joyeusement Pikachu, en sautant sur le dos de Ash. Contrairement aux autres Pokémon, Pikachu ne niche pas dans une balle Poké.

« Je me demande quel genre de Pokémon se trouve à bord du *S.S. Anne?* se demande Brock.

— J'ai hâte de le savoir! » répond Ash. Il lève les yeux vers le gros bateau de croisière blanc en face de lui. Le paquebot semble aussi long qu'une rue complète et presque aussi haut qu'un gratte-ciel.

« Le *S.S. Anne* est vraiment superbe! s'exclame Misty. Je n'arrive pas à croire qu'on va faire une croisière sur ce bateau.

— Une croisière réservée aux entraîneurs de Pokémon, précise Brock. C'est une occasion en or.

— Tu parles! répond Ash. Ça semble trop beau pour être vrai. C'est quand même incroyable que ces adolescentes nous aient donné des billets gratuits. »

Misty agrippe Ash par la manche. « Peu importe! Montons à bord! »

Non loin de là, deux adolescentes (une blonde et une rousse) regardent Ash et ses amis monter à bord du bateau. La blonde retire une perruque qui camouflait des cheveux mauves coupés court. Adolescente mon œil! C'est James, membre d'un duo de voleurs de Pokémon connu sous le nom de Team Rocket.

« Tu ne me trouves pas génial? » demande James d'une voix de fausset.

La rousse fronce les sourcils. C'est Jessie, la complice de James. « Cesse de faire l'imbécile, James. Il faut parler au patron. »

Jessie et James se ruent vers un phare à

proximité. Ils grimpent le long escalier en spirale qui mène à une petite salle sombre. Meowth, Pokémon semblable à un chat, tripote les boutons d'un petit tableau de contrôle.

« Le patron veut vous parler », annonce Meowth.

Un grand écran sur le mur s'allume. La sombre silhouette d'un homme apparaît, son visage dissimulé par des ombres.

« Avez-vous distribué tous les billets de la croisière aux Pokémon? La voix grave de Giovanni est modifiée par ordinateur.

— Oui, répond Jessie.

— Excellent! ajoute Giovanni. Mes hommes sont secrètement montés à bord du *S.S. Anne.* Dès que je leur en donnerai le signal, ils s'empareront des Pokémon de tous les entraîneurs qui se sont laissé prendre au piège et sont montés sur le bateau.

— Ça, c'est mon patron! Un vrai génie! » minaude Meowth.

Giovanni se penche vers la caméra. « Cette fois, menace-t-il, je ne tolérerai aucun échec! »

Butterfree contre Raticate

« Quel bateau extraordinaire! » s'écrie Ash en regardant tout autour de lui.

Ash, Misty, Brock et Pikachu se promènent sur le pont du *S.S. Anne.* Ils suivent un steward vêtu d'un veston bleu marine.

« Voici le grand salon », annonce-t-il en les dirigeant vers deux portes ouvertes.

Lorsqu'il pénètre dans le salon, Ash en a le souffle coupé. La vaste pièce est remplie d'entraîneurs de Pokémon qui discutent avec passion et qui montrent avec fierté leurs Pokémon. Des kiosques où l'on vend toutes sortes de jouets et de bijoux Pokémon et même de vrais Pokémon se succèdent le long des murs.

« On dirait un super congrès de Pokémon! » s'exclame Ash.

Misty approuve d'un signe de tête. « Il n'y a pas de doute, ce sont tous des entraîneurs de Pokémon. »

Ash balaie la salle du regard. Il y a tant à faire qu'il ne sait pas par où commencer. Soudain, des acclamations s'élèvent du milieu de la pièce, où des gens ont formé un cercle. Ash se faufile dans la foule.

Un entraîneur de Pokémon tient une balle Poké à bout de bras. Il est grand et paraît beaucoup plus âgé que Ash. Il porte un haut-de-forme, un smoking noir, un nœud papillon rouge et des lunettes de soleil munies de verres bleus.

L'homme se tourne vers la foule. « Y a-t-il quelqu'un d'assez brave pour se mesurer à mon Raticate? »

Le cœur de Ash bat très vite. Tous les bons entraîneurs dressent leurs Pokémon pour qu'ils puissent se battre contre les Pokémon d'autres entraîneurs. Il n'y tient plus.

Il court vers le grand entraîneur. « Moi! » Ash sait même quel Pokémon il va lancer dans la bataille. « J'aimerais faire combattre mon Butterfree. »

« Comme tu voudras », réplique l'homme. Il lance sa balle Poké dans les airs. « Balle Poké, va! » s'écrie-t-il. Raticate, un gros Pokémon en forme de rat, armé de quatre crocs aiguisés, apparaît dans un torrent de lumière blanche.

Ash lance une balle Poké. « Butterfree, je te choisis! »

Butterfree surgit de sa balle Poké. Ses ailes bleues battent l'air. Même si Butterfree ressemble à un simple papillon, Ash connaît la force de son Pokémon. Une fois ses ailes grand ouvertes, Butterfree a environ trois pieds d'envergure.

Misty, Brock et Pikachu observent le début du combat.

« Raticate! Coup de queue! crie l'homme.

— Butterfree! Plaquage! » s'écrie à son tour Ash.

Raticate bondit dans les airs. Butterfree se rue vers lui. Les deux Pokémon entrent en collision, mais aucun des deux ne semble blessé. Ils tiennent bon. Ils s'attaquent encore et encore, et aucun des deux ne semble faiblir.

« Le Butterfree de Ash a-t-il au moins une

chance contre ce Raticate? demande nerveusement Misty.

— Bien sûr, répond Brock. C'est un bon match. Ash sait ce qu'il fait. »

Mais voilà que le grand entraîneur modifie sa stratégie.

« Finis-le, Raticate! Hypermorsure! » ordonne-t-il.

Raticate bondit vers Butterfree, la gueule grand ouverte sur ses crocs blancs acérés. Butterfree esquive l'attaque juste à temps.

Ash n'a pas de temps à perdre. Il doit ordonner une tactique qui désarçonnera le Raticate.

« Butterfree, poudre paralysante! » ordonne-t-il.

Butterfree bat furieusement des ailes. De flamboyantes spores dorées se dégagent de son corps et recouvrent Raticate, qui s'écrase sur le sol, assommé. Les spores l'ont paralysé!

Ash est tout excité. La victoire est à portée de la main.

« Butterfree! Tourbillon de vent! »

Mais avant que Butterfree n'ait le temps de réagir, le grand entraîneur saute dans l'arène, dont les limites sont marquées sur le plancher.

« Ça suffit! s'exclame-t-il.

— Comment ça? » demande Ash. Les combats entre entraîneurs prennent officiellement fin lorsque l'un des deux Pokémon tombe dans les pommes. Ash n'a jamais terminé un combat de cette façon.

« Disons que c'est un match nul », répond l'homme. Vite, il ramasse son Raticate.

« Mais j'étais en train de gagner, bredouille Ash

tandis que l'homme s'éloigne.

Ash rappelle Butterfree et fixe de nouveau la balle Poké à sa ceinture. Il retrouve non loin de là Misty, Brock et Pikachu.

« Beau match, le félicite Brock. Mais cet entraîneur est bien étrange.

— À mon avis, c'est un lâche, ricane Misty. Il savait qu'il allait perdre. »

Ash hausse les épaules. « C'était un bon combat. Je suis fier de Butterfree. »

« *Pikachu* », s'écrie Pikachu. Le Pokémon pointe la table du buffet où sont servis toutes sortes de mets.

« Bonne idée. Moi aussi, j'ai faim », dit Ash.

La sirène du bateau retentit pendant que nos amis remplissent leur assiette. Ash aperçoit une table libre, et ils vont s'y asseoir. Pendant qu'ils mangent, Ash se rend compte que le *S.S. Anne* a levé l'ancre.

« Bon! dit-il. Nous sommes partis. »

Misty lui donne un petit coup de coude.

« Qu'est-ce... » Ash lève la tête. Le grand entraîneur approche de la table, en compagnie d'une grande femme aux cheveux auburn coiffés très haut. Elle est vêtue d'une chic robe du soir rouge.

« Ton Butterfree est assez extraordinaire, lance l'homme.

— Il est incroyable, approuve la femme.

— Magnifique », ajoute Brock en rougissant violemment. Brock est habituellement un garçon réservé et plutôt calme - sauf lorsqu'il est en présence d'une belle femme. On dirait alors qu'il est sur une autre planète.

L'homme ne semble pas remarquer Brock. « Que penses-tu de mon Raticate? » demande-t-il à Ash.

— Il était formidable. Il a vraiment livré un bon combat », répond Ash.

L'homme dévisage Ash à travers ses verres bleus. « Dans ce cas, faisons un échange.

— Échanger nos Pokémon? » C'est la première fois que Ash entend parler de ça.

« Bien sûr. Il arrive souvent que deux entraîneurs s'échangent leur Pokémon par respect l'un pour l'autre, répond l'homme. C'est une pratique courante.

— V... vraiment? » Ash se tourne vers Brock pour obtenir son aide. Comme il est plus âgé, Brock a plus d'expérience que lui. Il en sait plus que Ash sur ces choses-là.

« Devrais-je échanger mon Pokémon, Brock? »
demande Ash.

Mais Brock n'écoute pas. Il est sous le charme
de la belle compagne de l'entraîneur. « Bien sûr,
Ash. Tu dois l'échanger. Tout le monde devrait
faire ça », répond-il distraitement.

« L'échange est une pratique très avantageuse »,
poursuit l'homme.

Ash est indécis. Il a du mal à se faire à l'idée de
donner un Pokémon. Surtout Butterfree! Il l'a
recueilli quand il était un Caterpie, et l'a dressé et
transformé lui-même. Mais si tout le monde le
fait... il ne veut pas être différent des autres
entraîneurs. Et Brock est d'accord.

« OK, dit Ash.

— Merveilleux! Viens avec moi », réplique
l'homme.

Ash et Pikachu suivent l'entraîneur à l'extérieur
du grand salon. L'homme ouvre la porte d'une
cabine. À l'intérieur de la petite pièce se trouve
une bien curieuse machine. Elle a une table
argentée munie de boutons à l'avant. Sur la table
se dresse une sorte d'écran et, de chaque côté,
deux tubes de métal pendent au-dessus de la
table.

L'entraîneur saisit une balle Poké et la place sous l'un des tubes.

« Place la balle de Butterfree sous l'autre tube », dit-il.

Ash obéit. L'entraîneur appuie sur un bouton rouge. Des étincelles jaillissent du bout des tubes. Puis, les deux balles Poké sont aspirées à l'intérieur. L'écran clignote frénétiquement. Ash voit l'image de Butterfree traverser l'écran et se retrouver dans le tube de l'entraîneur. L'image de Raticate parcourt le chemin inverse. Puis les balles Poké tombent de nouveau des tubes.

« Voilà, dit l'homme. Raticate est ton nouveau Pokémon. »

Ash tient la balle Poké dans sa main. Raticate est à l'intérieur. C'est un Pokémon très puissant, lui aussi. Ash est plutôt content d'avoir un Raticate.

L'homme salue Ash du chapeau et s'éloigne avec la balle Poké qui contient Butterfree.

« Pikachu, est-ce que j'ai bien fait? demande-t-il doucement.

— *Pika* », répond tristement Pikachu.

Ash fixe la balle Poké dans sa main. « Moi non plus, je ne sais pas. »

3

Bataille sur le S.S. Anne

Le *S.S. Anne* fend doucement l'écume. Dans un coin sombre du paquebot, Team Rocket est sur le point de livrer une bataille décisive.

« Regarde ce que j'ai acheté d'un vendeur de Pokémon », dit James. Il exhibe une balle Poké dorée. « C'est un Pokémon très précieux. »

James appuie sur un bouton de la balle. Un Pokémon poisson orangé surgit, la gueule grand ouverte. Il se met à battre des nageoires. Ses grands yeux ronds sont exorbités.

« C'est un Magikarp », dit fièrement James.

Une lueur de rage apparaît dans les yeux verts

de Jessie. « Imbécile! Tu t'es fait avoir! Tout ce que Magikarp sait faire, c'est battre des nageoires.

— Mais c'est impossible. J'ai dépensé mon salaire du mois prochain pour l'avoir, proteste James. Et ton salaire aussi, Jessie.

— Tu as quoi? hurle Jessie.

— *Meowth!* Ça suffit. » Le Pokémon chat de Team Rocket intervient. « On a du boulot. »

Pendant ce temps, dans le grand salon, les entraîneurs de Pokémon discutent et marchandent aux kiosques. Mais pas Ash. Il est affalé dans un coin, fixant du regard la balle Poké qui a déjà contenu Butterfree.

Misty voit bien que Ash est triste. « Qu'est-ce que tu as? lui demande-t-elle.

— Je me demandais si le grand entraîneur prendra bien soin de mon Butterfree », répond Ash.

Misty lui met la main sur l'épaule.

« Pendant que je l'échangeais, je me rappelais l'époque où il s'est transformé en Butterfree, poursuit Ash.

— Je me souviens, dit Misty. Tu as d'abord capturé Caterpie. C'est le premier Pokémon que tu as attrapé tout seul. »

L'image du Pokémon insecte vert traverse l'esprit de Ash. « C'est vrai. Puis, Caterpie s'est transformé en Metapod. Et quand Butterfree est sorti de Metapod, c'était tellement extraordinaire. Butterfree était vraiment unique.

« Je suis sûre que Butterfree... », commence Misty lorsqu'elle est interrompue par le bruit de portes qui claquent violemment.

« *Pika?* » demande anxieusement Pikachu.

Ash balaie le salon du regard. Toutes les portes se sont fermées automatiquement. Huit soldats en uniforme noir envahissent la pièce. Ils portent tous un casque et des lunettes protectrices et ont

un gros appareil carré attaché dans le dos. Le devant de chaque uniforme est marqué d'un « R » rouge.

Ash sait que cette lettre « R » ne peut signifier qu'une chose. « Team Rocket! » hurle-t-il.

Les lumières s'éteignent, et le hall est plongé dans l'obscurité. Un projecteur s'allume alors, éclairant une table placée au centre de la salle. Défiant du regard les entraîneurs de Pokémon, Jessie et James lancent leur cri de bataille.

« Pour protéger le monde de la dévastation.

Pour unir tous les peuples au sein de notre nation.

Pour dénoncer les fléaux de la vérité et de l'amour.

Pour étendre notre pouvoir jusqu'aux étoiles.

Jessie!

James!

Team Rocket attaque à la vitesse de la lumière!

Rendez-vous, ou ça va barder! »

« *Meowth! C'est* ça! » ajoute Meowth.

Jessie et James portent également sur leur dos un appareil carré muni d'un boyau sur chaque côté. James saisit un boyau dans chaque main.

« Team Rocket va maintenant s'emparer de vos

Pokémon », ricane-t-il.

Il pousse un bouton placé au bout de chaque boyau. Jessie et les soldats de Team Rocket font de même. Un énorme bruit de succion emplit le salon. Les boyaux sont de puissants appareils d'aspiration. Les balles Poké se détachent de la ceinture des entraîneurs en voltigeant dans les airs. Les boyaux vont les aspirer!

Ash saisit une balle Poké attachée à sa ceinture et la tient fermement. « Il faut se battre! » s'écrie-t-il.

Un garçon de l'âge d'Ash approuve de la tête.

« On ne peut pas se rendre comme ça! » Il lance une balle Poké à l'un des soldats de Team Rocket. Un Squirtle apparaît dans un torrent de lumière. Mais les boyaux sont trop puissants pour les Pokémon. Squirtle lutte en vain pour ne pas être aspiré.

« Nos Pokémon ne sont pas de taille, lance Ash.

— S'ils luttent ensemble, ils le seront! » proclame Brock.

Pikachu semble en colère. *« Pikachu! »* Le cri du Pokémon emplit la salle. Les autres Pikachu présents dans le salon courent vers celui de Ash. Ils forment une pyramide.

« PIKACHU! » crient-ils. Ensemble, les Pikachu accumulent une énorme charge électrique. L'air siffle lorsqu'ils lancent un violent éclair vers deux soldats de Team Rocket, qui s'écroulent au sol, terrassés.

« Plus que six », annonce Ash. Il lance la balle Poké qu'il tenait dans la main. « Charmander, je te choisis! » s'écrie-t-il.

Le Pokémon de feu orange surgit de la balle. Il ressemble à un lézard qui marche sur deux pattes. Sa queue se termine par une flamme rouge et jaune.

Sur un signe de Ash, les autres entraîneurs qui

se trouvent dans la pièce libèrent à leur tour leur Charmander, qui forment eux aussi une pyramide. Le salon s'échauffe rapidement tandis que les Charmander unissent leurs pouvoirs pour créer une boule de flamme bleue. Ils lancent la boule vers deux autres soldats.

« Aaaaaaah! » hurlent-ils. Le souffle d'air chaud les précipite contre un mur. Ils s'effondrent comme une masse sur le sol, carbonisés.

« À mon tour, lance Brock, saisissant une balle Poké. Geodude, vas-y! »

Sur l'ordre de Brock, un Pokémon rocher jaillit de la balle. Geodude ressemble à une grosse roche grise munie de deux bras puissants.

D'autres Geodude bondissent sur le sol pour rejoindre celui de Brock. Les Pokémon se tiennent par la main et forment un cercle autour de deux autres soldats de Team Rocket. Ils se mettent à tourner en rond, de plus en plus vite, créant une tornade qui projette les deux gorilles à l'autre bout de la salle.

Puis, l'entraîneur au chapeau haut-de-forme lance une balle Poké. « Butterfree, vas-y! »

Butterfree apparaît et se dirige vers les deux derniers soldats. D'autres Butterfree viennent lui donner un coup de main. Ils commencent à battre des ailes, couvrant les soldats de spores dorées.

Ash détache une balle Poké de sa ceinture. « Butterfree, vas-y! » s'écrie-t-il.

Mais c'est un Pokémon poilu qui surgit de la balle. « *Raticate!* » lance-t-il.

Ash n'en croit pas ses yeux. Comment a-t-il pu

oublier? Il n'a plus de Butterfree.

« Je veux ravoir mon Butterfree », s'écrie Ash.

Misty lui saisit le bras. « On a d'autres problèmes à régler, dit-elle. Regarde! »

Les huit soldats de Team Rocket sont ébranlés par les attaques des Pokémon, mais ils tiennent bon. Ils ont repris leurs esprits et s'avancent vers les entraîneurs.

« Il est temps de leur régler leur compte une fois pour toutes », dit Ash. Il détache une autre balle Poké de sa ceinture. « Pidgeotto, je te choisis! »

Un Pokémon semblable à un grand oiseau brun et blanc émerge de la balle. Bientôt, des dizaines de Pidgeotto voltigent dans le salon.

« Pidgeotto, lancez votre attaque tourbillon! » s'écrie Ash.

Les Pidgeotto forment un cercle et commencent à battre furieusement des ailes, créant un tourbillon en forme d'entonnoir beaucoup plus rapide et puissant que celui des Geodude.

Une petite tornade balaie le milieu du salon, s'élevant jusqu'au plafond. Crac! Les vents puissants défoncent le plafond de la pièce! Ash peut voir le ciel par le trou.

« Pikachu! Tous ensemble! Coup de tonnerre! »

Tous les Pikachu, y compris celui de Ash, forment une autre pyramide. Les Pokémon luisent d'une énergie électrique dorée, qui devient de plus en plus vive. Soudain, les Pikachu concentrent leur énergie et lancent une décharge foudroyante aux soldats de Team Rocket.

« *PIKACHU!* » hurlent-ils.

Sous l'effet de la décharge, les soldats sont propulsés vers le plafond. Ils passent par le trou et disparaissent.

Les entraîneurs de Pokémon poussent des hourras.

« On a réussi! s'exclame Ash. Nous devrions être fiers de nos Pokémon. Nous avons donné à Team Rocket une leçon qu'il n'oubliera pas de sitôt.

— Au fait, intervient Misty, où est passé Team Rocket? »

Ash lance un coup d'œil à la ronde. Ils ont

vaincu les soldats de Team Rocket. Mais où sont passés Jessie, James et Meowth?

« Je suis sûr que quelqu'un s'est occupé d'eux, répond Ash. Je vais les chercher plus tard. Pour le moment, je vais aller récupérer mon Butterfree! »

4

On coule!

Ash s'approche de l'entraîneur au chapeau. « Il faut que je vous parle », dit Ash avec fermeté. Il est prêt à se battre s'il le faut.

« À quel sujet? demande l'homme.

— Je veux récupérer mon Butterfree, explique Ash. J'ai mis beaucoup d'énergie à l'entraîner et à l'élever. J'y tiens beaucoup. »

L'homme le fixe d'un regard dur. Ash est tendu, prêt à combattre. Puis le visage de l'entraîneur s'adoucit. « Je sais ce que c'est que de prendre soin d'un Pokémon. Suis-moi dans la salle d'échange des Pokémon. »

Ash soupire de soulagement. Cet entraîneur est un peu étrange, mais il n'est pas méchant. Ash va récupérer son Butterfree! Il suit l'entraîneur dans la salle. Ils mettent tous deux leurs balles Poké dans la machine. L'homme appuie sur un bouton.

L'écran s'allume, et Ash observe joyeusement l'image de Butterfree traverser l'écran jusque

dans sa balle Poké. Il est si heureux qu'il n'a pas remarqué que le paquebot tangue dangereusement. Une tempête se prépare.

Dans une autre section du navire, les membres de Team Rocket se disputent encore.

« Qu'est-ce qu'on va dire au patron? demande Meowth. Nous devions capturer tous les Pokémon sur le bateau. Quel gâchis! »

James fixe sa balle Poké dorée en soupirant. « Il nous reste Magikarp! »

Le bateau tangue de nouveau. La balle dorée tombe des mains de James.

« Voilà mon salaire du mois prochain qui s'envole! s'écrie James en courant après la balle.

— Et le mien! » crie Jessie en le suivant.

« *Meowth!* Attendez-moi! »

Le trio se précipite dans le couloir. Une autre énorme vague fait basculer le bateau. Jessie, James et Meowth s'écrasent contre un mur.

Ils s'effondrent sur le sol, inconscients. Ils sont complètement assommés.

Pendant ce temps, sur le pont, Misty et Brock observent le capitaine du bateau et les stewards qui rassemblent les passagers.

« Que tout le monde reste calme, dit le

capitaine, un homme âgé, à la barbe grise. Dirigez-vous vers les canots de sauvetage.

— Les canots de sauvetage! s'exclame Misty. Brock, le navire est en train de couler. »

Paniqués, les passagers se ruent vers les canots.

« Il faut trouver Ash, dit Brock.

— Je crois que je sais où il est, réplique Misty. Suis-moi! »

Le bateau tangue de plus en plus. Misty essaie de courir tout en gardant son équilibre. Brock et Pikachu la suivent.

Tout trempés par la pluie, ils pénètrent en trombe dans la salle d'échange de Pokémon. L'entraîneur au chapeau a disparu, mais Ash est toujours là. Il tient une balle Poké dans ses mains.

« J'ai récupéré mon Butterfree! s'exclame-t-il.

Crac! Un coup de tonnerre déchire l'air.

« Ash, nous devons sortir d'ici! lance Misty. Le navire est en train de couler. »

Le paquebot tangue de nouveau. Ash échappe la balle Poké, qui roule dans le couloir.

« Butterfree! s'écrie Ash en s'élançant vers la balle.

— Ash! » hurlent Misty et Brock. Ils suivent Ash en courant, Pikachu sur les talons.

Une autre vague s'écrase contre le paquebot. Ash perd pied. Nos quatre amis s'écrasent contre un mur et s'effondrent sur le sol, inconscients.

Au-dessus d'eux, la tempête fait rage. Le capitaine et son équipage aident les derniers passagers à monter à bord des canots de sauvetage.

« Je crois que tout le monde est là, hurle le capitaine pour couvrir le rugissement des vagues. Allons-y! »

L'équipage fait descendre les canots de sauvetage, qui atteignent l'eau bouillonnante juste à temps. Derrière eux, le paquebot géant commence à se remplir d'eau.

Le *S.S. Anne* est ballotté par les flots.

Une énorme vague vient s'aplatir contre son flanc.

Sous l'impact, le navire se retourne. Le *S.S. Anne* chavire! Lentement, le paquebot sombre dans l'océan.

Team Rocket s'y trouve toujours.

De même que Ash, Misty, Brock et Pikachu!

À toi, Goldeen!

« Ash, réveille-toi! supplie Misty.

— *Pika pi!* » ajoute Pikachu.

Ash ouvre les yeux. Tout est embrouillé autour de lui. Puis Misty, Brock et Pikachu émergent lentement du brouillard.

Ils se trouvent sur le plafond du bateau.

Ash se frotte les yeux et regarde de nouveau. Le plancher du bateau est au-dessus d'eux. Il est affalé sur le plafond, tout comme ses amis. Ils sont à l'envers!

Pris de panique, Ash regarde par la fenêtre. Une eau trouble et verte a remplacé le ciel bleu.

« Le bateau a chaviré! Nous avons coulé! s'exclame Ash. Mais pourquoi n'y a-t-il pas d'eau ici?

— Tant qu'il y aura de l'air à l'intérieur, le bateau va se remplir d'eau graduellement, explique Misty. Il faut rester calme. »

Brock aide Ash à se relever. « C'est vrai, mais nous n'avons pas de temps à perdre. Allons voir. »

Nos amis sortent de la pièce et s'avancent dans le couloir. De faibles lumières de secours s'alignent sur le plancher au-dessus de leur tête. Ils suivent le couloir et arrivent à un escalier à l'envers.

« Qu'est-ce qu'on fait maintenant? » demande Ash.

Misty semble réfléchir. « Nous sommes à l'envers. Donc, le pont du bateau est sous nos pieds, et la cale se trouve au-dessus de nos têtes! »

Ash voit dans sa tête le bateau à l'envers. « J'ai trouvé. Pour sortir, nous devons nager jusqu'au pont, puis remonter vers la surface. »

Brock fronce les sourcils. « Mais si nous plongeons vers le pont et arrivons dans un cul-de-sac, nous sommes cuits, objecte-t-il.

— Pas de problème » réplique Misty. Elle retire une balle Poké de son sac à dos. « Vas-y, Goldeen! »

Misty jette la balle dans l'eau. Goldeen, un Pokémon poisson blanc tacheté de rouge orangé, aux gracieuses nageoires ondulées, apparaît.

« Goldeen », dit le Pokémon d'une voix mélodieuse.

« Goldeen, plonge vers le pont! ordonne Misty. Essaie de trouver un moyen de sortir du bateau!

— Goldeen, » réplique le Pokémon avant de plonger dans les eaux sombres.

Peu de temps après, Goldeen revient vers eux en nageant. Il pousse quelque chose avec sa tête.

Un être vivant.

« Team Rocket? » Ash n'en croit pas ses yeux.

Jessie, James et Meowth sont trempés. Ils ont les yeux fermés. Goldeen les pousse sur le plafond, juste devant Ash.

Les membres de Team Rocket se mettent à tousser et à cracher. Ils ouvrent lentement les yeux. D'un bond, ils sont sur leurs pieds.

Jessie tient une balle Poké à la main. « On vous tient, p'tits morveux! » hurle-t-elle.

6

Évasion du S.S. Anne

Brock et Ash saisissent chacun une balle Poké et font face à Team Rocket.

« Allons-y! » s'écrie Ash.

Misty se jette entre eux.

« Attendez! Crie-t-elle. Ce n'est pas le temps de nous battre. Le navire est en train de couler!

— C'est vrai, ça » admet Ash.

Misty se tourne vers Team Rocket. « Qu'est-ce qui est le plus important — votre vie ou un combat de Pokémon?

— C'est vrai, répond Jessie d'une voie glaciale. Mais ce n'est qu'une trêve qui durera jusqu'à ce qu'on puisse se sortir de cet horrible pétrin.

— Tu parles! s'exclame Ash. Brock approuve en grommelant.

— Alors, petits génies, comment comptez-vous nous sortir d'ici? raille James.

— Laissez-moi faire, répond Misty. J'ai déjà construit un modèle réduit du *S.S. Anne.* Je connais la structure du paquebot. Comme on ne peut pas accéder au pont, on devra grimper jusqu'à la cale. Là, on percera un trou dans la coque. Voilà comment on s'évadera. »

Ash lève la tête. Dans le plancher juste au-dessus de lui, un trou s'ouvre sur un escalier à l'envers. C'est par là qu'ils devront sortir.

« Mais comment pourrons-nous grimper jusque là? demande Ash.

— Je m'en occupe », répond Brock. Il appelle Onix, un Pokémon rocher géant. Onix étire son long corps en forme de serpent jusqu'au trou du plancher, afin de former un escalier. Derrière Brock, les autres grimpent sur le dos d'Onix jusqu'au plancher.

Puis, ils émergent dans un autre couloir à l'envers, qui est haut et sombre. Ash ordonne à Charmander de les diriger à l'aide de sa queue flamboyante.

« Ce corridor mène tout droit à la salle des machines, explique Misty. À cet endroit, la coque est mince, et on pourra y percer un trou pour sortir. »

Le groupe entre par la porte de la salle des machines, puis s'immobilise brusquement.

La salle des machines est en feu!

De l'autre côté de la pièce, Ash détecte une porte que les flammes n'atteignent pas — du moins, pas encore.

« Bulbasaur! Je te choisis! » s'écrie Ash.

Le Pokémon turquoise apparaît. Ash lui ordonne d'utiliser son fouet en forme de liane pour créer un pont au-dessus des flammes. Puis, nos acrobates s'avancent laborieusement comme sur une corde raide.

« On a réussi! s'exclame Misty une fois qu'ils sont tous passés de l'autre côté. Maintenant, nous n'avons plus qu'à percer la coque.

— Je peux demander à Charmander de transpercer la coque avec sa flamme, suggère Ash.

— Bonne idée, réplique Misty. Mais d'abord, tout le monde doit avoir un Pokémon d'eau. Ils nous aideront à nager vers la surface. »

Les Pokémon d'eau sont la spécialité de Misty. Elle libère Goldeen de sa balle Poké et remet une Starmie à Brock. Puis, Misty noue le bout d'une corde autour de sa taille et l'autre bout autour du corps de Goldeen.

Ash imite son amie. Une corde les relie, lui et Pikachu, à Squirtle. Brock fait de même avec Starmie.

« Charmander! ordonne Ash. Perce un trou dans la coque avec ta flamme! »

Le Pokémon obéit. Il ouvre tout grand la bouche et commence à forer un grand trou carré dans le métal.

Jessie semble prise de panique. « Un Pokémon

d'eau? Mais nous n'en avons pas! »

James ricane, sa balle Poké dorée à la main.
« Tu t'es moquée de moi, n'est-ce pas?
Maintenant, Magikarp va faire ses preuves. »

James lance la balle Poké, faisant jaillir
Magikarp. Team Rocket s'attache au Pokémon.

Au-dessus d'eux, la flamme de Charmander
transperce un trou dans la coque. Le métal vient
s'écraser sur le sol. De l'eau de mer s'engouffre
par le trou, inondant la pièce.

Goldeen, Squirtle et Starmie nagent contre le
torrent d'eau et traversent le trou. Ash, Misty,
Brock et Pikachu ferment les yeux et retiennent

leur souffle tandis qu'ils sont inondés. Ils s'agrippent à leur corde. Tout dépend maintenant des Pokémon.

Team Rocket observe ses rivaux qui se hissent vers la liberté.

« Va, Magikarp! » ordonne James.

« *Magikarp* », balbutie le Pokémon en battant désespérément des nageoires.

« Incroyable! Cet imbécile ne sait pas nager! » fulmine Jessie.

La pièce se remplit d'eau rapidement. Team Rocket lutte contre le courant et tente de nager vers le trou.

C'est sans espoir. L'eau les repousse dans le paquebot, qui coule à pic.

« Nous sommes perdus! » hurle Meowth.

7

Une colère de dragon!

La lumière du jour aveugle Ash tandis que Squirtle le tire à la surface de l'océan. Cherchant son souffle, il jette un regard autour de lui. Pikachu, Misty et Brock sont tous sains et saufs.

Brock s'agrippe à un gros morceau de fibre de verre, qui s'est détaché du S.S. *Anne* lorsqu'il a coulé. Il flotte maintenant comme un radeau sur l'océan.

« Par ici! » crie Brock.

Ash, Pikachu et Squirtle grimpent à bord. Misty et Goldeen sont juste derrière. Misty et Ash rappellent leur Pokémon d'eau. Puis, ils s'écroulent sur le radeau, épuisés.

Ash scrute les eaux calmes de l'océan. Seuls de petits débris flottent ici et là. « Team Rocket n'est toujours pas remonté à la surface, remarque-t-il. Je me demande s'il est encore emprisonné dans le bateau.

— Tout ce que nous pouvons faire, réplique Brock, c'est trouver la terre ferme. »

Ash balaie l'horizon du regard. Partout, il n'y a que le ciel bleu et la mer verte. Après avoir demandé à son Pidgeotto de partir à la recherche d'un bout de terre, il observe son Pokémon volant disparaître à l'horizon.

Ash s'effondre sur le radeau. « On pourrait attendre longtemps, murmure-t-il.

— Peut-être pas », réplique Misty.

Un instant plus tard, Pidgeotto réapparaît, un câble dans son bec. Il tire un petit morceau de la coque du navire, auquel se cramponnent Jessie, James et Meowth. Magikarp s'agite faiblement derrière eux.

« Team Rocket! s'exclame Ash. Ces bandits doivent avoir neuf vies!

— *Meowth!* C'est tout à fait vrai », répond le Pokémon chat en crachant de l'eau. Il se hisse sur le radeau.

Jessie et James ouvrent les yeux et montent à bord.

« Ça va barder, murmure Jessie faiblement.

— Vous allez y goûter », gémit James.

Misty soupire. « Vous êtes incroyables.

— On s'est presque noyé, à cause de ton imbécile de Magikarp, James, grommelle Jessie.

— C'est vrai », admet James. Il lance un regard furieux au Pokémon. « Magikarp, espèce de poisson cabochon! Je ne veux plus être ton maître! »

James pousse Magikarp, qui tombe à la mer. Le Pokémon disparaît et réapparaît dans les vagues.

« Bon débarras! s'exclame Meowth.

— Je trouve qu'il fait pitié, réplique Misty.

— *Magikarp. Magikarp.»* Le Pokémon bat furieusement des nageoires. Soudain, il se met à luire d'une lumière blanche. Puis, la lumière explose dans un éclair éblouissant.

Pendant une fraction de seconde, Ash est aveuglé. Lorsqu'il scrute de nouveau l'océan, Magikarp a disparu.

Un énorme Pokémon l'a remplacé. Ash estime qu'il doit mesurer deux étages de haut. Il ressemble à un serpent de mer couvert d'écailles bleues scintillantes et armé de quatre longs crocs. Des branchies duveteuses encadrent sa figure.

« Magikarp s'est transformé en Gyarados! » s'exclame Misty.

Ash consulte Dexter le Pokédex, son ordinateur de poche. « Gyarados a un très mauvais caractère. Ses crocs peuvent réduire des pierres en miettes, et ses écailles sont plus dures que l'acier. »

Gyarados rugit violemment.

James fait face au Pokémon. « Je suis James, ton maître, obéis-moi! »

Gyarados pousse un cri furieux. James hurle de peur.

« Qu'est-ce qu'on fait? » demande Ash.

Misty lance une balle Poké dans l'eau. « Goldeen! Starmie! Staryu! » s'écrie t-elle.

Goldeen et les deux Pokémon en forme d'étoile apparaissent.

« Comment vas-tu combattre Gyarados? » demande Brock.

Misty lance une corde à chacun des Pokémon. « Voici ma stratégie de combat : SAUVE QUI PEUT! » hurle Misty.

Goldeen, Starmie et Staryu tirent le radeau, qui se met à fendre l'eau. Ils filent sur l'océan, mais n'arrivent pas à semer Gyarados, qui les talonne toujours.

Soudain, Gyarados s'arrête en poussant un formidable rugissement.

« Qu'est-ce qu'il fait? » demande Ash, jetant un coup d'œil derrière lui.

Le visage de Misty s'assombrit. « Les marins racontent des histoires terribles à propos de Gyarados. Je crois qu'il s'agit d'une... colère de dragon.

— Une colère de dragon? » demandent les autres, surpris.

L'eau se met à bouillonner. Quatre Gyarados sauvages sortent leur long cou de l'océan et se joignent au Pokémon de James. Les cinq serpents de mer forment une ligne droite. Puis, ils commencent à s'entrelacer en une danse folle.

« C'est ça, c'est une colère de dragon! hurle Misty. L'attaque ultime des Gyarados! »

Les cinq Pokémon tournoient. L'eau qui les entoure commence à former une spirale. Les Gyarados nagent de plus en plus vite, faisant grossir la spirale.

Bientôt, elle commence à s'élever dans le ciel.

Les Gyarados ont créé un cyclone!

Ash n'a jamais rien vu de pareil. Le cyclone ressemble à une tornade d'eau. Il tournoie furieusement sous leurs yeux.

Et il commence à se diriger tout droit sur le radeau.

« Il s'approche! » s'écrie Ash.

Impossible de prendre la fuite.

Ash saisit la main de Pikachu. « Accroche-toi! » hurle Ash en couvrant le rugissement de l'eau.

Ash sent Misty qui lui prend l'autre main, tandis que Brock s'accroche à Misty et à Pikachu. Nos amis se serrent en cercle et tendent leurs muscles, dans l'attente du cyclone.

La tornade d'eau vient s'écraser sur le radeau. Ash se sent aspiré dans le cyclone. L'eau froide lui fouette le visage.

Nos héros tournent et tournent au centre du cyclone. Ash se rend compte que la main de Pikachu est en train de lui échapper. Celle de Misty aussi.

« Ne me lâchez pas! » hurle-t-il. Mais il est trop tard. Ash ne peut les retenir. La force du cyclone le projette loin de ses amis, là-haut dans le ciel.

Puis, il plonge vers l'océan. Son corps percute la surface de l'eau.

Et il perd conscience.

8

Les naufragés

« Où... où suis-je?» demande Ash, encore sonné. Sa voix est enrouée, et ça cogne dans sa tête. Ses bras sont couverts de sable.

Du sable? Ash ouvre les yeux. Il est étendu sur une plage de sable blanc. Des palmiers et de luxuriantes plantes vertes bordent le rivage.

Ash commence à paniquer. La dernière chose dont il se souvient, c'est d'avoir perdu ses amis. Où sont-ils?

Il saute sur ses pieds et regarde tout autour de lui. Voilà Misty, étalée sur le sable à quelques pieds de lui. Brock est étendu près d'elle, recroquevillé sur lui-même.

« Misty! Brock! Réveillez-vous! » s'écrie Ash en les secouant.

Misty grommelle et ouvre les yeux, imitée par Brock.

« Comment sommes-nous arrivés jusqu'ici? » demande Misty.

Brock se frotte la tête. « Ouais, comment avons-nous survécu à ce cyclone?

— Nous avons eu de la chance », répond Ash. Il scrute nerveusement la plage. « Du moins, je le crois. Je ne vois Pikachu nulle part.

— Il nous manque autre chose », dit Misty en pointant la ceinture de Ash.

Il baisse la tête. Deux de ses balles Poké sont là. Mais il en manque trois.

« Mes Pokémon ont disparu! » s'exclame Ash.

À l'autre bout de l'île, Jessie et James ont atterri sur une dune de sable. Les deux voleurs de Pokémon rampent sur la plage.

« Nous avons survécu encore une fois! s'exclame Jessie.

— Nous sommes invincibles! » ajoute James.

Jessie et James attendent que Meowth vienne les rejoindre. Mais la plage est déserte.

« Oh non! s'écrie Jessie.

— Meowth a disparu! » conclut James.

Prise de panique, Jessie jette un coup d'œil à son uniforme. « Oh non! J'ai perdu la balle Poké contenant Ekans que j'ai reçue à mon anniversaire! »

James vérifie lui aussi. « La balle Poké de mon Koffing s'est envolée! »

Jessie et James se regardent avec désespoir. Des larmes coulent sur leur visage. « Qu'est-il arrivé à nos Pokémon? » braillent-ils.

Mais personne ne leur répond.

Abandonnés à leur sort

Dans une autre partie de l'île, Pikachu marche le long d'une plage sablonneuse. Il n'est pas blessé. Mais il est un peu effrayé. Le cyclone l'a séparé de ses amis. Maintenant, il ne trouve Ash nulle part.

Pikachu aperçoit des objets rouges et blancs qui brillent dans le sable. Il court pour voir de quoi il s'agit.

Ces sont les balles Poké de Ash!

Tout excité, il touche une à une les balles Poké, qui s'ouvrent dans un éclair de lumière blanche.

Tout d'abord, Charmander apparaît. Puis

Bulbasaur, suivi de Squirtle.

« *Pika, Pika!* » s'exclame Pikachu. Même si les Pokémon parlent chacun leur propre langue, ils peuvent communiquer entre eux. Les autres Pokémon comprennent ce que dit Pikachu : « *Comment allez-vous?*

— *Ça va bien,* répond Charmander un peu faiblement.

— *Ça pourrait aller mieux* » ajoute Squirtle.

Bulbasaur est plus récalcitrant. « *Ça va* », grommelle-t-il.

Squirtle balaie la plage du regard. « *Où sommes-nous?* demande le Pokémon d'eau.

— *Je ne sais pas,* répond Pikachu. *Mais je crois qu'on devrait essayer de trouver Ash.*

— *D'accord* », approuvent les autres.

Pikachu trouve un chemin qui s'éloigne de la plage. Les autres Pokémon le suivent dans le sable.

De grandes plantes vertes bordent le chemin. Des palmiers et des arbres fruitiers s'élèvent vers le ciel.

Pendant un certain temps, les Pokémon marchent en silence. Puis, le soleil commence à descendre derrière les arbres.

54

Charmander prend les devants et éclaire la nuit naissante de sa queue de flammes. La lumière est réconfortante. Malgré tout, Pikachu est de plus en plus nerveux.

« *Ash et ses amis ne sont nulle part,* dit Pikachu.

— *Peut-être que des Pokémon sauvages les ont mangés* », blague Squirtle. Il fait claquer ses dents en riant.

Pikachu ne le trouve pas drôle. « *Ne dis pas ça* », gronde-t-il.

Squirtle fronce les sourcils. « *Pardon.* »

Bulbasaur a l'air triste lui aussi.

« *Ash nous a peut-être oubliés.*

— *Il ne ferait jamais une chose pareille!* proteste Pikachu.

Squirtle hoche la tête. *C'est vrai. Ce n'est pas son genre.* »

Bulbasaur ne semble pas

convaincu. *« Ouais »*, réplique-t-il.

Pikachu lève la tête. Les plantes bruissent devant eux. Quelque chose leur saute dessus.

C'est Meowth!

« Rendez-vous ou ça va barder! » menace le Pokémon chat.

Bulbasaur, Squirtle et Charmander font un saut. Pikachu se retourne vers eux.

« N'ayez pas peur, c'est seulement Meowth », les rassure-t-il.

Les Pokémon se détendent.

« On dirait bien que la devise de Team Rocket n'a plus autant d'impact, dit Meowth. Ce n'est pas grave. Je peux avoir de l'aide. » Il pointe une saillie rocheuse derrière lui.

Ekans, un Pokémon semblable à un serpent, est enroulé sur le rocher. Koffing, un Pokémon qui dégage un gaz empoisonné, flotte près de Ekans.

« Attrapez-les! » ordonne Meowth.

Ekans et Koffing ne bronchent pas.

« *Toi pas Maître,* siffle Ekans. *Moi obéir seulement à Maître.* »

Meowth frappe le sol du pied. « Allons, nous sommes tous des méchants! Nous n'avons pas besoin de nos maîtres pour faire des mauvais coups!

— *Pokémon pas méchants,* réplique Ekans. *Pokémons méchants seulement parce que Maître méchant.*

— *C'est vrai!* confirme Koffing de sa voix grave.

— Non! Je suis méchant même quand mon maître n'est pas là », tempête Meowth furieusement. Il se retourne pour se battre contre Pikachu, mais il s'arrête net. Pikachu, Bulbasaur, Squirtle et Charmander ont formé un cercle autour de lui.

« *Es-tu certain de vouloir te battre contre nous tous?* » demande Pikachu.

Meowth sourit nerveusement. « Bon, disons qu'il y a un match nul.

— *Trop tard,* réplique Pikachu. *Bulbasaur, tu sais ce que tu as à faire.* »

Bulbasaur hoche la tête, et des lianes jaillissent

du bulbe sur son dos. Les lianes enroulent Meowth en le serrant étroitement.

« *Vaut mieux être prudent* », dit Pikachu.

L'estomac de Squirtle gargouille. « *Squirtle a faim,* annonce-t-il.

— *Moi aussi,* dit Pikachu. *Établissons un campement.* »

Charmander ramasse des brindilles et allume un petit feu de camp. Les autres Pokémon cueillent des fruits dans les arbres. Puis, ils s'assoient autour du feu, mâchant leurs fruits.

« *Qu'est-ce que vous faisiez?* demande Pikachu à Ekans et Koffing.

— *Chercher maîtres,* siffle Ekans.

— *Nous aussi* », ajoute Squirtle.

Bulbasaur fronce les sourcils. « *Notre maître nous a abandonnés.*

— *Abandonnés?* demande Ekans. *Nous aussi, peut-être abandonnés!* »

Pikachu hoche la tête. « *Non, vous vous trompez!* » Il sait que Ash ne les abandonnerait jamais.

Les Pokémon continuent de mâcher leur nourriture. Ils se sentent tous un peu tristes. Le son de leurs mâchoires qui s'entrechoquent emplit la nuit.

Soudain, ils perçoivent un autre son autour d'eux — un grondement sourd. Le sol sous leurs pieds se met à trembler.

Pikachu lève la tête. Là, au-dessus des arbres, il y a un pied.

Un pied géant.

Les Pokémon sursautent. Le pied est celui d'un Pokémon gris, un Rhydon. Il ressemble à un rhinocéros qui marche sur deux pattes. Il a une

grosse corne plantée au milieu du front.

Pikachu a déjà vu un Rhydon. Mais jamais aussi gros que celui-là. Il est aussi haut que les gratte-ciel de la ville de Celadon.

Le Rhydon rugit violemment. Il fait un pas en avant. Il se dirige vers les Pokémon!

« *Sauve qui peut!* » s'écrie Charmander.

Les Pokémon dévalent le sentier à toute vitesse.

« Et moi? hurle Meowth. Je suis prisonnier! »

Le gigantesque Rhydon se rapproche. Pikachu hésite une fraction de seconde. Puis, il revient sur ses pas en courant et détache Meowth.

« J'aurais pu le faire tout seul », s'offusque Meowth.

En une autre occasion, Pikachu l'aurait électrocuté. Mais il n'a pas le temps.

Pikachu dévale le sentier pour rejoindre ses amis. Meowth le suit comme son ombre.

Devant, Pikachu aperçoit une petite grotte.

« *Là-bas! Là-bas!* » s'écrie Pikachu.

Les Pokémon se ruent dans la grotte. Ils se blottissent les uns contre les autres, effrayés.

Rhydon rugit de nouveau.

Boum! Boum!

Le sol tremble.

Pikachu voit un gros pied gris s'écraser à l'entrée de la grotte. Puis il se relève, avant de s'écraser de nouveau.

Rhydon passe son chemin.

Ils sont saufs — pour l'instant.

« *Charmander fatigué,* murmure le Pokémon de feu d'un ton las.

— *Moi aussi,* réplique Squirtle.

— *Dormons ici,* ajoute Pikachu. *On essaiera de retrouver Ash demain matin.*

— *Trouver maîtres* », siffle Ekans. Le gros Pokémon serpent déroule son corps et forme un grand cercle. Les autres Pokémon se pelotonnent à l'intérieur du cercle, épuisés.

Mais Pikachu ne peut trouver le sommeil tout de suite. Tant que le Pokémon géant est là, ils ne sont pas en sécurité.

Et Ash non plus.

10

L'attaque des Pokémon volants!

« Cours, Ash, cours! » hurle Misty.

Ash n'a vraiment pas besoin de ce conseil. Il court déjà comme un perdu.

Tout l'après-midi, Ash, Misty et Brock ont parcouru l'île, à la recherche de Pikachu et des autres Pokémon. Il n'y a aucune trace d'eux sur l'île déserte.

Mais, aussitôt que le soleil s'est couché, les choses se sont gâchées. Un Pokémon volant géant est apparu dans le ciel. C'est le légendaire Zapdos. Son corps brille d'une lumière dorée. Ses plumes ressemblent à des couteaux affûtés. Des éclairs jaillissent de ses ailes.

Mais ce Zapdos est bien étrange. Il est gigantesque — plus gros qu'un avion à réaction.

Pendant une seconde, cette apparition a ébloui Ash. Puis, le Zapdos géant a lancé un cri perçant. Il s'est mis à plonger — droit sur eux!

Les pieds de Ash martèlent le sol sablonneux. Son cœur bat furieusement dans sa poitrine.

L'oiseau géant crie de nouveau. Ash lève la tête.

Il est juste au-dessus de lui!

Brock saisit la manche de Ash et le tire du sentier. Misty court déjà devant eux. Nos trois amis plongent sous un épais buisson.

Le Zapdos lance un autre cri perçant. Ash retient son souffle. Les cris de l'oiseau sont de moins en moins distincts.

Le Pokémon s'éloigne.

Ils sont sauvés!

« Ash, cet endroit est vraiment dangereux », dit Brock.

Misty hoche la tête. « Qui sait ce qu'il y a d'autre ici?

— On devra trouver un endroit pour passer la nuit, conseille Brock.

— Tu as raison », approuve Ash. Il retourne dans le sentier et scrute le ciel noir.

« Sois prudent, Pikachu — soyez tous prudents », murmure doucement Ash.

À l'autre bout de l'île, un autre cri perçant emplit la nuit.

Ce sont Jessie et James. Ils hurlent de terreur.

Moltres, un autre Pokémon volant géant, les menace. Des flammes enveloppent le corps de cet oiseau rouge orangé.

Jessie et James tentent d'échapper à cette combinaison de Pokémon volant et de Pokémon de feu. Moltres fonce sur eux, ouvre grand son bec et leur souffle un jet de flammes rouge vif.

Les flammes viennent lécher les talons de Team Rocket. Jessie et James courent aussi vite qu'ils le peuvent.

Devant eux, Jessie aperçoit quelque chose qui brille dans le clair de lune.

C'est une cabine téléphonique.

« Vite! s'écrie Jessie. À l'intérieur. »

Jessie et James se ruent dans la cabine et ferment la porte. Moltres lance un cri en tournant au-dessus de la cabine. Puis, il s'éloigne.

« Une cabine téléphonique? Sur une île déserte? » James croit rêver.

« Peu importe! réplique Jessie. On peut appeler à l'aide. »

James retourne ses poches vides. « À condition qu'on ait de l'argent. Mais j'ai dépensé tous mes sous pour Magikarp, tu te souviens?

— Je ne veux plus jamais entendre ce nom! » fulmine Jessie. Puis elle se calme. « Au moins, nous serons en sécurité pour la nuit, dit-elle.

— Oui, répond James. Mais qui sait ce qui nous attend demain matin? »

11

Quel train d'enfer!

« *Pika?* » Pikachu s'éveille et se frotte les yeux. Le soleil brille à l'extérieur de la grotte. Bulbasaur, Squirtle, Charmander, Ekans, Koffing et Meowth émergent du sommeil eux aussi.

« *Allons-y, tout le monde,* dit Pikachu. *Partons à la recherche de Ash.* »

Charmander jette un coup d'œil furtif à l'extérieur de la grotte. « *Et s'il y avait encore des gros Pokémon?*

Pikachu bondit dans la lumière du jour. Il regarde à travers les arbres.

« *La côte est sans danger* », annonce Pikachu.

Les autres Pokémon le suivent à l'extérieur de la grotte. Ils s'enfoncent dans la jungle touffue de l'île.

« *Ash! Ash! Où es-tu?* » s'écrie Pikachu.

« Jessie! James! » crie à son tour Meowth.

Bulbasaur soupire. « *Nous ne les retrouverons jamais* », dit-il tristement.

Soudain, Squirtle s'arrête net.

« *Euh, je crois qu'on a trouvé quelque chose*, dit-il en pointant du doigt. *Regardez!* »

Pikachu se retourne. Un autre Pokémon géant leur tourne le dos.

Il ressemble à une tortue géante. Sa carapace est une armure invincible. Ses épaules sont munies de deux canons d'arrosage en métal.

« *Est-ce que c'est un de tes parents, Squirtle?* demande Charmander.

— C'est la forme la plus évoluée du Squirtle — un Blastoise », explique Meowth.

Pikachu se retourne vers Squirtle. « *Va lui demander le chemin.*

— *Bon. Je vais essayer* », dit bravement Squirtle.

Il s'avance derrière Blastoise. Il s'éclaircit la gorge, tentant de rester calme. « *Salut toi!* », dit timidement Squirtle.

Blastoise se retourne lentement. Il étudie Squirtle de son œil perçant.

« *Euh, belle journée, n'est-ce pas?* » bafouille Squirtle.

Blastoise rugit. Il lève un pied géant et l'écrase devant le Pokémon.

« *Sauve qui peut!* » hurle Pikachu. Les Pokémon détalent vers le sentier le plus proche. Le Blastoise est peut-être gros, mais il est lent. Il abandonne la course.

« Nous avons réussi! s'exclame Meowth.

— *Pas si vite,* dit Pikachu. *Regardez!* »

Ils ont échappé au Blastoise... pour se retrouver devant un autre Pokémon géant!

Celui-ci mâchouille des plantes. Il ressemble à un gros dinosaure à la peau bleue. Une grosse fleur aux pétales roses

pousse sur son dos, au milieu de feuilles vertes.

« C'est un Venusaur. La forme évoluée du Ivysaur, qui a évolué du Bulbasaur », explique Meowth.

« *Impressionnant!* s'exclame Squirtle. *Bulbasaur, vas lui parler. C'est ton parent, après tout!* »

Bulbasaur secoue la tête. « *Pas question! Disons que je suis orphelin. Je n'ai pas de famille.*

— *Allez,* susurre Squirtle en le poussant doucement. *Si je l'ai fait, tu dois le faire aussi.* »

Alerté par la voix des Pokémon, le Venusaur pousse un formidable rugissement. Puis, il fonce sur eux.

« *Oh non! Pas encore!* » braille Bulbasaur.

Il détale à travers les arbres, les autres Pokémon sur les talons.

Près de là, Team Rocket s'éveille dans l'étroite cabine téléphonique.

James s'étire et bondit à l'extérieur. « Qu'est-ce qu'on fait maintenant? » demande-t-il.

Jessie vient le rejoindre. Un gros câble de téléphone noir est branché à la cabine téléphonique. Il s'étire au loin sur le sol.

« Ce câble doit être relié à la compagnie de téléphone, proclame Jessie. Les employés pourront nous aider à sortir de l'île.

— Qu'est-ce qu'on attend? » demande James.

Jessie et James se faufilent de nouveau dans la cabine téléphonique. Ils saisissent le câble et commencent à le tirer. La cabine se déplace lentement.

« C'est plus sûr à l'intérieur », dit Jessie.

James souffle comme un bœuf. « Jessie, c'est épuisant, se lamente-t-il après quelques mètres.

— Oh là là, un peu de sport ne te ferait pas de tort », lance Jessie d'un ton brusque.

Un grondement sourd suit ses paroles. James regarde à l'extérieur de la cabine.

Un Pokémon se dirige vers eux. Jessie et James perçoivent le dessus de sa tête jaune à l'horizon.

« Est-ce un mirage? » demande James.

« C'est Pikachu! s'écrie Jessie. Il ne nous voit même pas.

— Parfait, nous n'aurons aucun mal à le capturer, ricane James. Cette île n'est peut-être pas si mal, après tout. »

Ils s'extirpent de la cabine téléphonique, prêts à ligoter Pikachu à l'aide du câble.

Le Pikachu se rapproche de plus en plus. Jessie et James ne mettent pas de temps à se rendre compte qu'il ne s'agit pas du Pikachu de Ash.

Il est gigantesque!

« C'est *vraiment* un mirage, murmure Jessie.

— Un *énorme* mirage », répond James.

Le Pikachu géant s'avance d'un pas lourd. Il lève un énorme pied jaune au-dessus de leur tête.

« C'est un *Pikolosse!* » hurle James. Jessie lui saisit le bras et le tire hors du chemin.

Boum! Le pied géant du Pikachu vient s'écraser sur la cabine et la réduit en miettes. Le Pikachu s'éloigne d'un pas lourd, ignorant Team Rocket.

« Même pas eu le temps de faire le 9-1-1 »,
ricane James.

— Ce n'est pas le moment de rigoler, réplique
Jessie. Nous devons absolument sortir de cette
île! »

Jessie se met à courir en suivant le câble de
téléphone, James derrière elle.

Soudain, elle s'arrête brusquement. Elle sent la
terre trembler sous ses pieds.

Jessie et James jettent un coup œil derrière
eux.

Un autre Pokémon géant semblable à un
gigantesque insecte marchant sur deux pattes les
poursuit. Ses longues pattes avant se terminent
par des épées courbées et affûtées. C'est un
Kabutops. La plupart des
Kabutops ne mesurent pas
beaucoup plus qu'un mètre,
mais celui-ci doit bien en
faire quinze!

« Quel cauchemar! » hurle
Jessie.

James et sa compagne courent le long du câble. Kabutops les suit de près, tentant de les happer dans ses mâchoires.

Droit devant, Jessie aperçoit un chemin de fer. Un vieux chariot de mine, sorte de boîte ouverte montée sur quatre roues, repose sur la voie ferrée. Au milieu du chariot se trouvent des poignées qui permettent de le propulser le long du chemin de fer.

« Sautons dedans et allons faire un tour! » s'écrie Jessie.

Elle saute avec James dans le chariot. Ils saisissent chacun une poignée et commencent à pomper furieusement. Le chariot se déplace rapidement sur la voie ferrée.

Malheureusement, les roues du chariot viennent s'empêtrer dans le câble de téléphone. Kabutops saisit le câble et commence à tirer la voiturette vers lui.

« Oh non! hurle James.

— Actionnons le frein! » suggère Jessie.

Le frein est un levier placé sur le plancher du chariot. Jessie le saisit.

Il se brise en deux.

Sans frein, le chariot de mine file à toute allure.

Kabutops s'entortille dans le câble et s'écrase sur le sol. Mais le chariot roule si vite qu'il ne peut plus ralentir. Il traîne Kabutops derrière lui sur la voie ferrée.

« Quel train d'enfer! » s'écrie James.

12

Des Pokémon géants en liberté!

« Tout va bien, dit Brock. Aucun signe de Pokémon géants. »

Ash soupire. « Aucun signe de Pikachu et des autres non plus, dit-il tristement. Où sont-ils bien passés?

— Ne t'en fais pas, Ash, le console Misty. Nous les retrouverons. »

Ash, Misty et Brock parcourent l'île à la recherche de Pikachu et des autres Pokémon. Ils marchent toute la matinée le long d'un sentier sablonneux... qui les mène à un pont de pierres.

Ash saute sur le pont. Il regarde vers le bas. Un

chemin de fer passe dessous.

« Je me demande où il mène? » se demande Ash.

Soudain, le pont se met à trembler.

« Oh, oh, s'exclame Misty. On dirait bien qu'un Pokémon géant est dans les parages. »

Boum. Boum. Boum. Le bruit se rapproche.

« Ne restons pas ici, suggère Brock.

— D'accord », approuve Ash. Il commence à courir, mais il est bientôt forcé de s'arrêter.

Un Pokémon géant émerge des arbres qui longent la voie ferrée. De couleur jaune vif, il a les oreilles pointues et une queue en forme d'éclair.

« Pikachu! s'écrie Ash.

— Tout un Pikachu! » ajoute Brock.

Le Pokémon géant avance d'un pas lourd sur la voie ferrée. Il se dirige droit sur eux.

Avant que Ash puisse réagir, le pont se met à trembler de nouveau. Un autre bruit emplit l'air. Un roulement sourd.

Un nuage de poussière se déplace à toute vitesse sur la voie ferrée, derrière Pikachu.

Le nuage se rapproche. Ash peut entrevoir un chariot de mine. Il est conduit par Jessie et James!

Le chariot est suivi d'un autre Pokémon géant, un Kabutops, tout emmêlé dans un câble. Le chariot traîne le Pokémon géant sur la voie ferrée.

« Attention! » hurle Jessie.

Le chariot de mine file entre les pattes du Pikachu géant, qui s'emmêle lui aussi dans le câble et s'écrase sur le Kabutops.

La secousse ébranle le pont. Des pierres commencent à s'en détacher!

Le pont va s'effondrer!

Ash pousse un cri tandis que le pont disparaît sous ses pieds. Ash, Misty et Brock dégringolent parmi les pierres.

Et atterrissent dans le chariot!

« Juste au moment où nous avions besoin de vous, jubile Jessie.

— La ferme! s'écrie Misty. Regardez! »

Voilà un Blastoise géant, et un Venusaur. Et un Rhydon géant. Le Zapdos et le Moltres planent dans le ciel.

Les Pokémon géants poursuivent le Pikachu de Ash et les autres Pokémon de taille normale, qui se dirigent tous en courant vers la voie ferrée.

« Nous devons les aider! s'écrie Ash.

— Ash! l'interrompt Misty. Droit devant! »

Ash se retourne. En face d'eux, le chemin de fer forme une boucle géante qui s'élève haut dans le ciel.

Ils ne sont pas sur une voie ferrée.

Ce sont des montagnes russes!

« Accrochez-vous! » hurle Brock.

Ash saisit les bords du chariot et ferme les yeux. La voiture prend de la vitesse et s'engage dans la boucle. En un éclair, ils se retrouvent à l'envers. Puis, ils redescendent la boucle. Ils sont de nouveau sur la terre ferme.

Ash ouvre les yeux. Ils ont réussi!

« Et Pikachu? » se souvient soudainement Ash.

Ash tourne la tête de côté. Les Pokémon de taille normale se dirigent en courant vers le chariot. Les Pokémon géants les suivent de très près.

« Sautez à bord! » s'écrie Ash.

Pikachu s'élance et atterrit dans les bras de Ash. Brock attrape Squirtle et Burbasaur, et

Misty, Charmander.

Ekans, Koffing et Meowth sautent à leur tour. Ils ont tous réussi!

Ash regarde derrière lui. Blastoise, Venosaur et Rhydon courent toujours sur la voie ferrée.

« Les Pokémon géants nous poursuivent toujours, dit Ash. Ils sont juste derrière nous! »

James observe les Pokémon géants. « Au cours des derniers jours, Team Rocket a survécu à tous les dangers, proclame James. Mais si je me fie à mon instinct, je crois bien que, cette fois-ci, le

câble va nous lâcher. »

Sur ces mots, les Pokémon géants s'emmêlent dans le câble. Le petit chariot ne peut tirer autant de Pokémon géants. Le câble se tend sous le poids. Puis, il se rompt.

« Maintenant, on va être projeté dans les airs », prédit James.

En se rompant, le câble agit comme une catapulte. Ash s'agrippe tandis que le chariot s'envole dans les airs.

« Finalement, on va s'écraser sur quelque chose et plonger dans l'eau », conclut James.

Le chariot se retourne au-dessus de la voie ferrée. Le Zapdos géant se trouve juste au-dessus. Le fond du chariot heurte l'une de ses ailes affûtées et se casse en deux avec un bruit sec.

Jessie, James et leur Pokémon sont propulsés dans une direction.

« *Meowth!* Vous ne perdez rien pour attendre! » miaule Meowth.

Ash, Misty, Brock et leurs Pokémon sont catapultés dans une autre direction.

Ash sert Pikachu très fort. Le cœur lui remonte dans la gorge. Il se recroqueville en attendant l'atterrissage.

Le chariot brisé plonge vers le sol.

Et tombe avec un gros plouf! dans un petit lagon.

Ash nage jusqu'à la surface, cherchant l'air. Ses pieds touchent le fond sablonneux. Ouf! Le lagon n'est pas très profond.

Puis, il constate avec soulagement que Misty, Brock et Pikachu sont tous sains et saufs.

Ils sont tout trempés, mais ils ne sont pas blessés. Bulbasaur, Squirtle et Charmander vont bien eux aussi.

« C'est pas croyable, s'exclame Ash. Nous ne sortirons jamais de cette île!

— Ne parle pas si vite », dit Misty en pointant du doigt.

Ash regarde vers l'île. Les Pokémon géants sont empilés sur le rivage. Des câbles jaillissent de leur corps. Des vis et des boulons en métal sautent et roulent sur le sol.

« Qu'est-ce qui se passe? » demande Ash.

Avant même que Misty puisse lui répondre, il aperçoit un petit bateau qui vogue sur le lagon. Il est rempli de gens qui portent des lunettes de soleil et un appareil photo autour du cou. On dirait des touristes.

Une guide touristique vêtue d'un uniforme rose parle dans un microphone.

« Mesdames et messieurs, bienvenue dans l'île des Pokémon, dit-elle. Ici, vous verrez divers Pokémon qui mesurent dix fois leur taille normale! Évidemment, ce sont tous des automates! Ne vous inquiétez donc pas, ils sont sans danger. »

« Des Pokémon automates? s'exclame Brock. Je comprends. Ce ne sont pas des vrais!

— Ils sont peut-être faux, répond Misty. Mais sans danger? Pas sûr.

— C'est super! ajoute Ash. J'adore les parcs d'attraction!

— Ash, tu es incroyable », grommelle Misty.

Ash s'avance vers la plage. Les Pokémon géants tombent en morceaux. Ils ne sont plus aussi effrayants.

« J'ai l'impression qu'il n'y a plus rien à faire

ici, dit Ash. Où allons-nous maintenant?

— *Pikachu,* répond le Pokémon. *Pika pika.* »

Ash éclate de rire.

« Qu'est-ce qu'il dit? demande Misty.

— Pikachu dit qu'on peut aller n'importe où — sauf sur un bateau de croisière », répond Ash.

Nos amis rient de bon cœur. Ils échouent sur la plage, heureux que cette aventure soit enfin terminée.

À quand la prochaine aventure?

À propos de l'auteur

Tracey West écrit des livres depuis plus de dix ans. Lorsqu'elle ne joue pas avec la version bleue du jeu Pokémon (elle a commencé avec un Squirtle), elle aime lire des bandes dessinées, regarder des dessins animés et faire de longues balades dans la forêt (à la recherche de Pokémon sauvages). Elle vit dans une petite ville de l'État de New York avec sa famille et ses animaux.

Bientôt...

3

L'Attaque des Pokémon préhistoriques

Ash, Misty, Brock et Pikachu partent à la recherche de fossiles de Pokémon. Les choses se gâtent lorsque Team Rocket réveille accidentellement de méchants Pokémon préhistoriques — dont un Aerodactyl volant! Ash trouve ensuite un mystérieux œuf de Pokémon. Est-il possible qu'il renferme un tout nouveau Pokémon?